Cendres et Poussières

DU MÊME AUTEUR

R. VIVIEN

Cendres et Poussières

Ashes to ashes, dust to dust.

PARIS
ALPHONSE LEMERRE, ÉDITEUR
23-31, PASSAGE CHOISEUL, 23-31

M DCCCCII

A mon Amie

H. C. L. B.

Invocation

INVOCATION

Les yeux tournés sans fin vers les splendeurs éteintes,
Nous évoquons l'effroi, l'angoisse et le tourment
De tes baisers, plus doux que le miel d'hyacinthes,
Amante qui versas impérieusement,
Devant l'Aphroditâ dont le furtif sourire
Dépasse en cruauté les flèches de l'Erôs,
L'orage et l'éclair de ta lyre,
O Psapphâ de Lesbôs!

Les siècles attentifs se penchent pour entendre
Les lambeaux de tes chants. Ton visage est pareil
A des roses d'hiver recouvertes de cendre
Et ton lit nuptial ignore le soleil.
Ta chevelure ondoie au reflux des marées
Comme l'algue marine et les sombres coraux,
Et tes lèvres désespérées
Boivent la paix des eaux.

Que t'importe l'éloge éloquent des Poètes,
A Toi dont le front large est las d'éternités?
Qu'importent le frisson des strophes inquiètes,
Les éblouissements et les sonorités?
La musique des flots a rempli ton oreille,
Ce remous de la mer qui murmure à ses morts
Des mots dont le rythme ensommeille
Comme de lourds accords.

O parfum de Paphôs! ô Poète! ô Prêtresse!
Apprends-nous le secret des divines douleurs,

Apprends-nous les soupirs, l'implacable caresse
Où pleure le plaisir, flétri parmi les fleurs!
O langueur de Lesbôs! Charme de Mitylène!
Apprends-nous le vers d'or que ton râle étouffa,
De ton harmonieuse haleine
Inspire-nous, Psapphâ!

Let the Dead bury their Dead

LET THE DEAD BURY THEIR DEAD

Voici la nuit : je vais ensevelir mes morts,
Les songes, les désirs, les douceurs, les remords,
Tout le passé... Je vais ensevelir mes morts.

Je cacherai, parmi les sombres violettes,
Ton visage d'amie aux tendresses muettes,
O toi qui dors parmi les sombres violettes.

Je pleurerai l'étoile éteinte du regard...
Dans l'effort de la vie et les heurts du hasard,
Je pleurerai l'étoile éteinte du regard...

Je couvrirai d'encens, de roses et de roses,
La pâle chevelure et les paupières closes
D'un amour dont l'ardeur mourut parmi les roses.

Je sentirai monter vers moi l'odeur des morts,
Abolissant en moi les craintes, les remords,
Et m'apportant l'esprit indifférent des morts.

Je trouverai, sous les grappes de violettes,
Les sanglots apaisés et les larmes muettes,
Sous les fleurs de la mort, les sombres violettes...

Déjà, se rassérène au fond de mon regard
L'éternel crépuscule au sourire blafard :
Les couleurs cesseront d'offenser mon regard.

J'emporterai là-bas le souvenir des roses,
Et l'on effeuillera sur mes paupières closes
Les lilas et les lys, les roses et les roses.

Les Amazones

LES AMAZONES

On voit errer au loin les yeux d'or des lionnes...
L'Artémis, à qui plaît l'orgueil des célibats,
Qui sourit aux fronts purs sous les blanches couronnes,
Contemple cependant sans colère, là-bas,
S'accomplir dans la nuit l'hymen des Amazones,
Fier, et semblable au choc souverain des combats.

Leur regard de dégoût enveloppe les mâles
Engloutis par les flots nocturnes du sommeil.
L'ombre est lourde d'échos, de tiédeurs et de râles...
Elles semblent attendre un frisson de réveil.
La clarté se rapproche, et leurs prunelles pâles
Victorieusement reflètent le soleil.

Elles gardent une âme éclatante et sonore
Où le rêve s'émousse, où l'amour s'abolit,
Et ressentent, dans l'air affranchi de l'aurore,
Le mépris du baiser et le dédain du lit.
Leur chasteté sanglante et sans faiblesse abhorre
Les époux de hasard que le rut avilit.

« Nous ne souffrirons pas que nos baisers sublimes
Et l'éblouissement de nos bras glorieux
Soient oubliés demain dans les lâches abîmes
Où tombent les vaincus et les luxurieux.
Nous vous immolerons ainsi que les victimes
Des autels d'Artémis au geste impérieux.

« Parmi les rayons morts et les cendres éteintes,
Vos lèvres et vos yeux ne profaneront pas
L'immortel souvenir d'héroïques étreintes.
Loin des couches sans âme et de l'impur repas,
Vous garderez au cœur nos caresses empreintes
Et nos soupirs mêlés aux soupirs du trépas ! »

Sommeil

SOMMEIL

O Sommeil, ô Mort tiède, ô musique muette !
Ton visage s'incline, éternellement las,
Et le songe fleurit à l'ombre de tes pas,
Ainsi qu'une nocturne et sombre violette.

Les parfums affaiblis et les astres décrus
Revivent dans tes mains aux pâles transparences,
Évocateur d'espoirs et vainqueur de souffrances
Qui nous rends la beauté des êtres disparus.

L'Automne

L'AUTOMNE

L'AUTOMNE s'exaspère ainsi qu'une Bacchante,
Folle du sang des fruits et du sang des baisers
Et dont on voit frémir les seins inapaisés...
L'Automne s'assombrit ainsi qu'une Bacchante
Au sortir des festins empourprés. Elle chante
La moite lassitude et l'oubli des baisers.

Les yeux à demi-morts, l'Automne se réveille
Dans le défaillement des clartés et des fleurs,
Et le soir appauvrit le faste des couleurs.
Les yeux à demi-morts, l'Automne se réveille :
Ses membres sont meurtris et son âme est pareille
Aux coupes sans ivresse où s'effeuillent les fleurs.

Ayant bu l'amertume et la haine de vivre
Dans le flot triomphal des vignes de l'été,
Elle a connu le goût de la satiété.
L'éternelle amertume et la haine de vivre
Corrompent le festin où le monde s'enivre,
Étendu sur le lit de roses de l'été.

L'Automne, ouvrant ses mains d'appel et de faiblesse,
Se meurt du souvenir accablant de l'amour,
Et n'ose en espérer l'impossible retour.
Sa chair de volupté, de langueur, de faiblesse,
Implore le venin de la bouche qui blesse
Et qui sait recueillir les sanglots de l'amour.

Le cœur à demi-mort, l'Automne se réveille
Et contemple l'amour à travers le passé.
Le feu vacille au fond de son regard lassé.
Le cœur à demi-mort, l'Automne se réveille :
La vigne se dessèche et périt sur la treille...
Dans le lointain pâlit la rive du passé.

Sonnet

SONNET

Les algues entr'ouvraient leurs âpres cassolettes
D'où montait une odeur de phosphore et de sel,
Et, jetant leurs reflets empourprés vers le ciel,
Semblaient, au fond des eaux, des lits de violettes.

La blancheur d'un essor palpitant de mouettes
Mêlait au frais nuage un frisson fraternel;
Les vagues prolongeaient leur rêve et leur appel
Vers la tiédeur de l'air aux caresses muettes.

Les flots très purs brillaient d'un reflet de miroir...
La Sirène aux cheveux rouges comme le soir
Chantait la volupté d'une mort amoureuse.

Dans la nuit, sanglotait et s'agitait encor
Un soupir de la vie inquiète et fiévreuse...
Les étoiles pleuraient de longues larmes d'or.

Chanson

CHANSON

Il se fait tard... tu vas dormir,
Les paupières déjà mi-closes.
Au fond de l'ombre, on sent frémir
L'agonie ardente des roses.

Sur ton front lourd d'accablement
Tes cheveux font de légers voiles.
Dans le ciel, brûle infiniment
La flamme blanche des étoiles.

Et la Déesse du Sommeil,
De ses mains lentes, fait éclore
Des fleurs qui craignent le soleil
Et qui meurent avant l'aurore.

Prophétie

PROPHÉTIE

TES cheveux aux blonds verts s'imprègnent d'émeraude
Sous le ciel pareil aux feuillages clairs.
L'odeur des pavots se répand et rôde
Ainsi qu'un soupir mourant dans les airs.
Les yeux attachés sur ton fin sourire,
J'admire son art et sa cruauté,
Mais la vision des ans me déchire,
Et, prophétiquement, je pleure ta beauté!

Puisque telle est la loi lamentable et stupide,
Tu te flétriras un jour, ah! mon Lys!
Et le déshonneur hideux de la ride
Marquera ton front de ce mot : Jadis!
Tes pas oublieront le rythme de l'onde,
Ta chair sans désir, tes membres perclus
Ne frémiront plus dans l'ardeur profonde :
L'amour désenchanté ne te connaîtra plus!

Ton sein ne battra plus comme l'essor de l'aile
Sous l'oppression du cœur généreux,
Et tu fuiras l'heure étrange et cruelle
Où l'ombre pâlit le front des heureux.
Ton sommeil craindra l'aurore où persiste
Le dernier rayon des derniers flambeaux :
Ton âme de vierge amoureuse et triste
S'éteindra dans tes yeux plus froids que les tombeaux.

Désir

DÉSIR

Elle est lasse, après tant d'épuisantes luxures.
Le parfum émané de ses membres meurtris
Est plein du souvenir des lentes meurtrissures.
La débauche a creusé ses yeux bleus assombris.

Et la fièvre des nuits avidement rêvées
Rend plus pâles encor ses pâles cheveux blonds.
Ses attitudes ont des langueurs énervées.
Mais voici que l'Amante aux cruels ongles longs

Soudain la ressaisit, et l'étreint, et l'embrasse
D'une ardeur si sauvage et si douce à la fois,
Que le beau corps brisé s'offre, en demandant grâce,
Dans un râle d'amour, de désirs et d'effrois.

Et le sanglot qui monte avec monotonie,
S'exaspérant enfin de trop de volupté,
Hurle comme l'on hurle aux moments d'agonie,
Sans espoir d'attendrir l'immense surdité.

Puis, l'atroce silence, et l'horreur qu'il apporte,
Le brusque étouffement de la plaintive voix,
Et sur le cou, pareil à quelque tige morte,
Blêmit la marque verte et sinistre des doigts.

Chanson

CHANSON

La mer murmure une musique
Aux gémissements continus;
Les sables font, sous les pieds nus,
Des tapis de velours magique.

Et les algues, sœurs des coraux,
Semblent, à demi découvertes,
D'étranges chevelures vertes
De sirènes au fond des eaux.

Le vent rude des mers rugueuses
Ne souffle point la guérison...
Ah! le parfum, ah! le poison
De tes lèvres, fleurs vénéneuses!

Tu viens troubler les fiers desseins
Par des effluves de caresses
Et l'enchevêtrement des tresses
Sur les frissons ailés des seins.

Ta beauté veut l'attrait factice
Des attitudes et du fard :
Tes yeux recèlent le regard
De l'éternelle Tentatrice.

La Pleureuse

LA PLEUREUSE

Elle vend aux passants ses larmes mercenaires,
Comme d'autres l'encens et l'odeur des baisers.
L'amour ne brûle plus dans ses yeux apaisés
Et sa robe a le pli rigide des suaires.

Son deuil impartial, à l'heure des sommeils,
Gémit sur les Anciens aux paupières blêmies
Et sur le blanc repos des vierges endormies,
Avec la même angoisse et des gestes pareils.

Le vent des nuits d'hiver se lamente comme elle,
Pleurant sur les pervers et les purs tour à tour,
Car elle les confond dans un unique amour
Et verse à leur néant la douleur fraternelle.

Les jours n'apportent plus, dans leurs reflets mouvants,
Qu'un instant de parfum, de beauté, d'allégresse,
A son âme qu'un râle inexorable oppresse,
Lasse de la souffrance ardente des vivants.

Vers le soir, quand décroît l'odeur des ancolies
Et quand la luciole illumine les prés,
Elle s'étend parmi les morts qu'elle a pleurés,
Parmi les rois sanglants et les vierges pâlies.

Sous les pieux cyprès, tels des flambeaux éteints,
Elle vient partager leur couche désirable,
Et l'ombre sans regrets des sépulcres l'accable
De sanglots oubliés et de désirs atteints.

Elle y vient prolonger son rêve solitaire.
Ivre de vénustés et de vagues chaleurs,
Elle sent, le visage enfiévré par les fleurs,
D'anciennes voluptés sommeiller dans la terre.

Fleurs de Séléné

FLEURS DE SÉLÈNE

Elles ont des cheveux pâles comme la lune,
Et leurs yeux sans amour s'ouvrent pâles et bleus,
Leurs yeux que la couleur de l'aurore importune.
Elles ont des regards pâles comme la lune,
Qui semblent refléter les astres nébuleux.
Leurs paupières d'argent, qu'un baiser importune,
Recèlent des rayons langoureusement bleus.

Elles viennent charmer leur âme solitaire,.
Dans le recueillement des sombres chastetés,
De l'haleine des cieux, des souffles de la terre.
Nul parfum n'a troublé leur âme solitaire.
L'ivoire des hivers, la pourpre des étés
Ne les effleurent point des reflets de la terre :
Elles gardent l'amour des sombres chastetés.

Leur robe a la lourdeur du linceul qu'on déploie,
Blanche sous le regard nocturne des hiboux,
Et leur sourire éteint la caresse et la joie.
Leur robe a la lourdeur du linceul qu'on déploie.
Elles penchent leur front et leurs gestes très doux
Sur les agonisants du songe et de la joie
Qui râlent sous les yeux nocturnes des hiboux.

Elles aiment la mort et la blancheur des larmes...
Ces vierges d'azur sont les fleurs de Séléné.
Possédant le secret des philtres et des charmes,

Elles aiment la mort et la lenteur des larmes,
Et la fleur vénéneuse au calice fané.
Elles viennent cueillir les philtres et les charmes,
Et leurs yeux pâles sont les fleurs de Séléné.

Ressemblance inquiétante

6

RESSEMBLANCE INQUIÈTANTE

J'ai vu dans ton front bas le charme du serpent.
Tes lèvres ont humé le sang d'une blessure,
Et quelque chose en moi s'écœure et se repent,
Lorsque ton froid baiser me darde sa morsure.

Un regard de vipère est dans tes yeux mi-clos,
Et ta tête furtive et plate se redresse
Plus menaçante après la langueur du repos.
J'ai senti le venin au fond de ta caresse.

Pendant les jours d'hiver énervés et frileux,
Tu rêves aux tiédeurs des profondes vallées,
Et l'on songe, en voyant ton long corps onduleux,
A des écailles d'or lentement déroulées.

Je te hais, mais ta souple et splendide beauté
Me prend et me fascine et m'attire sans cesse,
Et mon cœur, plein d'effroi devant ta cruauté,
Te méprise et t'adore, ô Reptile et Déesse!

Velléité

VELLÉITÉ

DÉNOUE enfin tes bras fiévreux, ô ma Maîtresse!
Délivre-moi du joug de ton baiser amer,
Et, loin de ton parfum dont l'opulence oppresse,
Laisse-moi respirer les souffles de la mer.

Loin des langueurs du lit, de l'ombre de l'alcôve,
J'aspirerai le sel du vent et l'âcreté
Des algues, et j'irai vers la profondeur fauve,
Pâle de solitude, ivre de chasteté!

Le Sang des Fleurs

LE SANG DES FLEURS

> Οἵαν τὰν ὑάκινθον ἐν οὔρεσι ποίμενες ἄνδρες
> πόσσι καταστείβοισι, χάμαι δ'ἐπιπορφύρει ἄνθος.
>
> ΨΑΠΦΑ.

Le soir s'attriste encor de ses clartés éteintes.
Des rêves ont troublé l'air pâle et languissant,
Et, chantant leurs amours, les pâtres, en passant,
Écrasent lourdement les frêles hyacinthes.

L'herbe est pourpre et semblable à des champs de combats
Sous le rouge d'un ciel aux tons de cornaline,
Et le sang de la fleur assombrit la colline.
Le soleil pitoyable agonise là-bas.

Sans aspirer la paix des divines campagnes,
Je songe avec ferveur, et mon cœur inquiet
Porte le léger deuil et le léger regret
De la muette mort des fleurs sur les montagnes.

Ton Ame

TON AME

Ton Ame, c'est la chose exquise et parfumée
Qui s'ouvre avec lenteur, en silence, en tremblant,
Et qui, pleine d'amour, s'étonne d'être aimée.
Ton Ame, c'est le lys, le lys divin et blanc.

Comme un souffle des bois où sont les violettes,
Ton souffle vient baiser le front du désespoir,
Et l'on apprend de toi les bravoures muettes.
Ton Ame est le poème, et le chant, et le soir.

Ton Ame est la fraîcheur, ton Ame est la rosée.
Sa très douce pitié console du destin
Et ranime d'un mot l'espérance brisée.
Ton Ame est le sourire au regard du matin.

Rythme saphique

RYTHME SAPHIQUE

> Δέδυκε μὲν ἀ σελάννα
> καὶ Πληΐαδες, μέσαι δέ
> νύκτες, πάρα δ' ἔρχετ' ὤρα,
> ἔγω δὲ μόνα κατεύδω.
>
> ΨΑΠΦΑ.

L'OMBRE se drapait en des voiles de veuves,
La mer aspirait le sang tiède des fleuves,
L'Aphroditâ blonde au regard décevant
Riait en rêvant.

J'entendis gémir, au profond de l'espace,
Celle qui versa la strophe ardente et lasse,
Et dont le laurier fleurit et triompha :
La pâle Psapphâ.

« Le rossignol râle et frémit par saccades,
Et l'ombre engloutit la lune et les Pléiades :
L'heure sans espoir et sans extase fuit
Au fond de la nuit.

« Parmi les parfums glorieux de la terre,
Je rêve d'amour et je dors solitaire,
Vierge au corps pétri dans l'ivoire et dans l'or,
Que je pleure encor! »

Locusta

LOCUSTA

NUL n'a mêlé ses pleurs au souffle de ma bouche,
Nul sanglot n'a troublé l'ivresse de ma couche,
J'épargne à mes amants les rancœurs de l'amour.

J'écarte de leur front la brûlure du jour,
J'éloigne le matin de leurs paupières closes,
Ils ne contemplent pas la ruine des roses.

Seule, je sais donner des nuits sans lendemains.

J'allume dans leurs yeux d'inexprimables fièvres,
Et, fastueusement, je leur offre mes lèvres,
Mes flancs, et la lenteur savante de mes mains.

Je verse les soupirs, l'accablante caresse
Et les mots de langueur murmurés dans la nuit.
J'estompe les rayons, les senteurs et le bruit.

Je suis la pitoyable et la tendre Maîtresse.

Car je sais les secrets des merveilleux poisons,
Insinuants et doux comme les trahisons
Et plus voluptueux que l'éloquent mensonge.

Lorsque au fond de la nuit un râle se prolonge
Et se mêle à la fuite heureuse d'un accord,
J'effeuille une couronne et souris à la Mort.

Je l'ai domptée ainsi qu'une amoureuse esclave.
Elle me suit, passive, impénétrable et grave,
Et je sais la mêler aux effluves des fleurs,

Et la verser dans l'or des coupes des Bacchantes.

J'éteins le souvenir importun du soleil
Dans les yeux alourdis qui craignent le réveil
Sous le regard perfide et cruel des amantes.

J'apporte le sommeil dans le creux de mes mains.
Seule, je sais donner des nuits sans lendemains.

A une Femme

A UNE FEMME

Tendre à qui te lapide et mortelle à qui t'aime,
Faisant de l'attitude un frisson de poème,
O Femme dont la grâce enfantine et suprême
Triomphe dans la fange et les pleurs et le sang,

Tu n'aimes que la main qui meurtrit ta faiblesse,
La parole qui trompe et le baiser qui blesse,
L'antique préjugé qui meurt avec noblesse
Et le désir d'un jour qui sourit en passant.

Férocité passive, âme légère et douce,
Pour t'attirer, il faut que le geste repousse :
Ta chair inerte appelle, en râlant, la secousse
Et l'effort sans beauté du mâle triomphant.

Esclave du hasard, des choses et de l'heure,
Être ondoyant, en qui rien de vrai ne demeure,
Tu n'accueilles jamais la passion qui pleure
Ni l'amour qui languit sous ton regard d'enfant.

Le baume du banal et le fard du factice,
L'absurdité des lois, la vanité du vice
Et l'amant dont l'orgueil contente ton caprice,
Suffisent à ton cœur sans rêve et sans espoir.

Jamais tu ne t'éprends de la grâce d'un songe,
D'un reflet dont le charme expirant se prolonge,
D'un écho dans lequel le souvenir se plonge,
Jamais tu ne pâlis à l'approche du soir.

Sonnet féminin

SONNET FÉMININ

Ta voix a la langueur des lyres lesbiennes,
L'anxiété des chants et des odes saphiques,
Et tu sais le secret d'accablantes musiques
Où pleure le soupir d'unions anciennes.

Les Aèdes fervents et les Musiciennes
T'enseignèrent l'ampleur des strophes érotiques
Qui versent dans la nuit leurs ardentes suppliques,
Ton âme a recueilli les nudités païennes.

Tu sembles écouter l'écho des harmonies;
Bleus de ce bleu divin des clartés infinies,
Tes yeux ont le reflet du ciel de Mitylène.

Les fleurs ont parfumé tes étranges mains creuses;
De ton corps monte, ainsi qu'une légère haleine,
La blanche volupté des vierges amoureuses.

Devant la Mort

DEVANT LA MORT

Ils me disent, tandis que je sanglote encore :
« Dans l'ombre du sépulcre où sa grâce pâlit,
Elle aspire la paix passagère du lit,
Les ténèbres au front, et dans les yeux l'aurore.

« Elle aura la splendeur de l'Esprit délivré,
Rêve, haleine, musique, essor, parfum, lumière.
Le cercueil ne la peut contenir tout entière,
Ni le sol, de chair morte et de pleurs enivré.

« Le cierge aux larmes d'or, le râle du cantique,
Les lys fanés, ne sont qu'un symbole menteur :
Dans une aube d'avril qui vient avec lenteur,
Elle refleurira, violette mystique. »

— Et j'écoute parmi les temples de la mort.
Je sens monter vers moi la chaleur de la terre,
Dont l'accablante odeur recèle le mystère
Du sanglot qui se tait et du rayon qui dort.

J'écoute, mais le vent des espaces emporte
L'audacieux espoir des infinis sereins...
Elle ne sera plus dans l'heure que j'étreins,
L'heure unique et certaine, et moi, je la crois morte.

La nuit, dont la langueur ne craint plus le soleil,
L'enveloppant du bleu féerique de ses voiles,
Éteint jusqu'aux lueurs lointaines des étoiles,
Et le vin des pavots lui verse le sommeil.

O Morte que j'aimais, ô Pâleur étendue
Dans l'immobilité des néants noirs et froids,
Je n'ose t'apporter que les fleurs d'autrefois
Et mes sanglots païens sur ta beauté perdue.

Les Arbres

LES ARBRES

Dans l'azur de l'avril et dans l'air de l'automne,
Les arbres ont un charme inquiet et mouvant.
Le peuplier se ploie et se tord sous le vent,
Pareil aux corps de femme où le désir frissonne.

Sa grâce a des langueurs de chair qui s'abandonne;
Son feuillage murmure et frémit en rêvant,
Et s'incline, amoureux des roses du Levant...
Le tremble porte au front une pâle couronne.

Vêtu de clair de lune et de reflets d'argent,
Le bouleau virginal à l'ivoire changeant
Projette avec pudeur ses blancheurs incertaines.

Les tilleuls ont l'odeur des âpres cheveux bruns,
Et des acacias aux verdures lointaines
Tombe divinement la neige des parfums.

Vers d'amour

VERS D'AMOUR

Tu gardes dans tes yeux la volupté des nuits,
O Joie inespérée au fond des solitudes!
Ton baiser est pareil à la saveur des fruits
Et ta voix fait songer aux merveilleux préludes
Murmurés par la mer à la beauté des nuits.

Tu portes sur ton front la langueur et l'ivresse,
Les serments éternels et les aveux d'amour,
Tu sembles évoquer la craintive caresse
Dont l'ardeur se dérobe à la clarté du jour
Et qui te laisse au front la langueur et l'ivresse.

Lassitude

LASSITUDE

Je dormirai ce soir d'un large et doux sommeil...
Fermez bien les rideaux, tenez les portes closes.
Surtout, ne laissez pas pénétrer le soleil.
Mettez autour de moi le soir trempé de roses.

Posez, sur la blancheur d'un oreiller profond,
De ces fleurs sans éclat et dont l'odeur obsède.
Posez-les dans mes mains, sur mon cœur, sur mon front,
Les fleurs pâles au souffle amoureusement tiède.

Et je dirai très bas : « Rien de moi n'est resté...
Mon âme enfin repose... ayez donc pitié d'elle...
Qu'elle puisse dormir toute une éternité. »
Je dormirai, ce soir, de la mort la plus belle.

Que s'effeuillent les fleurs, tubéreuses et lys,
Et que meure et s'éteigne, au seuil des portes closes,
L'écho triste et lointain des sanglots de jadis.
Ah ! le soir infini ! le soir trempé de roses !

Épitaphe

ÉPITAPHE

Doucement tu passas du sommeil à la mort,
De la nuit à la tombe et du rêve au silence,
Comme s'évanouit le sanglot d'un accord
Dans l'air d'un soir d'été qui meurt de somnolence.
Au fond du Crépuscule où sombrent les couleurs,
Où le monde pâli s'estompe au fond du rêve,
Tu sembles écouter le reflux de la sève

Murmurer, musical, dans les veines des fleurs.
Le velours de la terre aux caresses muettes
T'enserre, et sur ton front pleurent les violettes.

Table

TABLE

Achevé d'imprimer

le vingt-sept mai mil neuf cent deux

PAR

ALPHONSE LEMERRE

6, RUE DES BERGERS, 6

A PARIS

0-3. — 3807.

GROUPE BRUNET

RCHIVISTIQUE INTERNATIONA

Membre du Conseil International des Archives

LE TAILLAN-MEDOC

NOVEMBRE 1991

www.ingramcontent.com/pod-product-compliance
Ingram Content Group UK Ltd.
Pitfield, Milton Keynes, MK11 3LW, UK
UKHW031915260826
14628UKWH00003B/1216

9 782016 187937